Le métro mé pas tro

Yak Rivais

Le MÉTRO MÉ pas TRO

Illustrations de l'auteur

Neuf

l'école des loisirs

11, rue de Sèvres, Paris 6e

© 1991, l'école des loisirs, Paris
Loi n° 49.956 du 16 juillet 1949 sur les publications
destinées à la jeunesse : mars 1991
Dépôt légal : septembre 2006
Imprimé en France par la Société Nouvelle Firmin-Didot
au Mesnil-sur-l'Estrée (81024)

Sommaire

Ces monologues, dialogues et sketches permettent de monter un spectacle en faisant des choix. Tous les enfants d'une classe nombreuse peuvent ainsi participer.

Les textes partent tous de trois phrases neutres :

«Je prends le métro pour aller travailler. Dans la rame, des voyageurs sont assis ou debout. Des guitaristes chantent. »

Il n'y a pas de décor. Pour annoncer les sketches, il suffit de pancartes brandies par des acteurs muets. Tous les déguisements sont possibles. La plupart des rôles peuvent être joués indifféremment par des garçons ou par des filles.

Et merci à Caroline (10 ans) qui m'a donné l'idée de ce livre. Merci aux enfants (du CE à la 5ᵉ) qui ont travaillé les dialogues préparatoires avec moi dans mes ateliers de littérature.

(On trouvera à la fin d'autres propositions de phrases neutres pouvant servir de base à l'écriture d'un ensemble de textes destinés au théâtre.)

Amoureux

Je t'aime, ô mon métro !

Depuis notre première rencontre, je ne cesse de penser à toi ! Je rêve de tes souterrains mystérieux ! Je repense à tes quais surpeuplés avec émotion ! Mon amour ! Tes élégants wagons aux couleurs tendres font battre mon cœur ! Je ne peux pas imaginer tes molles banquettes sans vibrer d'envie d'y poser mes fesses ! Ta splendeur me chavire ! J'adore tes barres chromées auxquelles on s'accroche pour ne pas tomber dans les virages tandis que les guitaristes chantent pour te faire la cour ! Ah, mon métropolitain ! Si je le pouvais, je t'épouserais !

Animal

Quand le jour se lève en bâillant comme un hippopotame, je descends dans le métro comme une taupe dans sa taupinière. Je rebondis sur les escaliers à la manière d'un kangourou. Autour de moi, les Parisiens et les Parisiennes grouillent dans les souterrains : on dirait des fourmis. Sur le quai, ils attendent plantés debout et ressemblent à des cigognes ou à des marabouts. Sur des bancs, des clochards s'épouillent aussi habilement que des babouins. Soudain, un énorme serpent de métal surgit hors du tunnel. Ses yeux luisent. La bête rampante s'immobilise et son ventre s'ouvre. Les passagers montent dedans et s'accrochent aux barres comme des sarigues à la queue de leur mère. Le reptile d'acier fait entendre son cri et s'élance. Je m'assieds. Des chanteurs jouent le rôle des cigales et se mettent à gratter des guitares. Après, ils vous tendent la patte en faisant le beau comme des chiens.

Aventurier

(Une femme aide son mari à s'équiper : sac à dos, etc. Un enfant est avec eux.)

FEMME : Tu as ton piolet et la corde ?

HOMME : Oui. Je pourrai remonter, ne t'inquiète pas.

FEMME : Tu as pensé à te munir de pansements d'urgence ?

HOMME : Ils sont dans mon sac.

ENFANT : Papa, tu as pris les rations de survie, au cas où tu resterais bloqué ?

HOMME : Rassure-toi, fiston, j'en ai pour huit jours.

FEMME : Et le talkie-walkie, pour appeler à l'aide ?

HOMME : Je l'ai. Avec une batterie neuve.

ENFANT : Tu as la lampe de poche ?

HOMME : Oui. J'espère ne pas avoir à m'aventurer dans les souterrains !

ENFANT : Et l'équipement de plongée, tu l'as ? Pour passer les siphons ?

HOMME: J'y ai pensé. J'espère ne pas en rencontrer.

FEMME *(inquiète)*: Tu es armé? On ne sait jamais ce qu'on peut croiser là-dessous!

HOMME *(sort la mitraillette de son sac)*: J'ai ce qu'il faut.

ENFANT: Tiens, papa. Prends aussi des grenades. *(Il les lui donne.)*

HOMME: Merci.

La famille s'embrasse.

FEMME: Sois prudent! Reviens-nous entier ce soir!

HOMME: J'essaierai!

Ils s'embrassent. Le père embrasse l'enfant et s'en va. La femme court après l'homme:

FEMME: Henri! Ton ticket!

Brouillon

(L'acteur fait des roulades et des roues.)

Je suis allé dans le rétro. J'ai descendu les espaliers. J'ai marché dans les tout terrain. Je suis arrivé sur le hoquet. Aux murs, il y avait des duplicités. La rame est sortie de la tonnelle. Je suis monté dans un jargon de deuxième glace. Il y avait beaucoup de bonde, on se serait cru dans une boîte de déconfiture. Un type a joué de l'amnésique. Je lui ai lancé une nièce d'un franc. Je suis resté dans le pétrin jusqu'au bout de la vigne.

Campagnard

(Au téléphone)

Allô la Gertrude ! Je sont monté dans le métro ! T'imagines pas ! Ils sont fous, les Parisiens ! Ils galopent là-dedans comme nous autres quand on a la colique et qu'il faut courir dans la petite cabane au fond du jardin ! Ils sont fous ! Et en plus, ils se rentrent dedans comme les autos tamponneuses du 14 Juillet à Vazidon-sur-Monbidé ! Moi, je m'étions levé pour voir la tour Eiffel, mais je te jure que je sont pas près d'y retourner ! Bondé, qu'il était, leur métro ! Pire que chez Mimile quand Monsieur notre Maire offre la tournée générale ! Et en plus, voilà-t'il pas que des galopins sont montés avec des crincrins pour couiner comme des pourceaux qu'on égorge ! Allô la Gertrude ! Je sont bien aise de rentrer demain et de revoir nos poules et nos vaches ! Et puis toi aussi par la même occasion ! Je te bige !

(Il fait une bise au téléphone et raccroche.)

Charade

(Un enfant manipule deux marionnettes.)

1re MARIONNETTE : Tu ne devineras jamais où je suis allée… ?

2e MARIONNETTE : Au cinéma ?

1re MARIONNETTE : Devine : mon premier est le mois du muguet. Mon second est un ensemble de vaches. Mon troisième est un farfadet. Mon tout est l'endroit où je suis allée.

2e MARIONNETTE : Je donne ma langue au chat.

1re MARIONNETTE : Le mois du muguet, c'est le mois de…

2e MARIONNETTE : Juin ?

1re MARIONNETTE : Mai ! Et mon second, un ensemble de vaches ?

2e MARIONNETTE : Une vacherie ?

1re MARIONNETTE : Un troupeau ! Et mon troisième, un farfadet ?

2e MARIONNETTE : C'est dur !

1re MARIONNETTE : Un lutin !… Mai… Troupeau… Lutin…

2e MARIONNETTE : Ah. Et où est-ce que tu es allée ?

1re MARIONNETTE : Mai-troupeau-lutin ! Je suis allée dans le mai-troupeau-lutin !

2e MARIONNETTE : Mai-troupeau-lutin ? Qu'est-ce que c'est ?

1re MARIONNETTE : Quelle andouille ! *(Les marionnettes se battent.)* Le mai-troupeau-lutin, c'est le mai-troupeau-lutin !

2e MARIONNETTE : Aïe ! Aïe !

Chèvre

Ah! qu'elle était jolie la petite rame de métropolitain! Qu'elle était jolie avec ses feux doux,
ses escalators mécaniques, ses publicités
zébrées par les punks et ses longs rails noirs et
luisants qui lui faisaient comme une route des
Landes! Et puis docile, caressante, laissant
braire les chanteurs sans bouger, sans mettre le
pied dans l'écuelle des mendiants: un amour de
petite rame!

Choix

Tu descends au fond du métro. De deux choses l'une : soit tu le fais à pied, soit tu te poses sur un escalier mécanique. Si tu le fais à pied, tu te fatigues, mais tu n'es pas bloqué par les femmes encombrées de paquets. Si tu prends l'escalator, tu ne peux pas passer, mais tu te fatigues moins. Choisis. Quand tu arrives en bas sur le quai, de deux choses l'une encore : soit tu es sur le bon quai, soit tu es sur le mauvais. Si tu es sur le bon, tu t'arrêtes. Si tu es sur le mauvais, tu reprends un couloir jusqu'au bon. Quand le métro arrive, tu dois réfléchir : soit tu montes en seconde classe, soit tu montes en première. Ça se complique. Soit tu as un billet de deuxième classe et tu voyages en deuxième classe, et tout va bien. Soit tu as un billet de première classe et tu voyages en première classe, et tout va bien encore. Soit tu voyages en première classe avec un billet de deuxième classe, et ça va être ta fête. Soit tu es en seconde classe avec un billet de première classe, et tu es idiot. Assieds-toi. Soit tu as un siège, soit tu n'en as pas. (Si tu n'en as pas, ne t'assois pas par terre!) Dernière chose: les guitares. Que tu montes en seconde classe ou en première classe, tu entendras les mêmes. Si tu veux qu'on te laisse en paix, de deux choses l'une: soit tu n'écoutes pas, soit tu es sourd.

Clowns

(Deux clowns. L'un porte une grande tarte.)

PREMIER : Tu ne devineras jamais ce que je prends le matin !

SECOND : Du café au lait ?

PREMIER : Non ! Ce n'est pas ce que je prends !

SECOND : Qu'est-ce que tu prends ?

PREMIER : Devine !

SECOND : Je ne sais pas ce que tu prends, mais je sais ce que tu vas prendre !

PREMIER : Quoi ?

SECOND *(lui applique la tarte sur le visage)* : Tiens, prends ça !

PREMIER *(piteux)* : Non, ce n'est pas ce que je prends le matin ! Moi je prends le métro et je te jure que ce n'est pas de la tarte !

Coléreux

La barbe! Lundi, mardi, mercredi, tous les jours, je descends dans le métro! Tous les jours l'horreur! J'en ai assez de zigzaguer entre les papiers gras! J'en ai assez des publicités débiles! «Lavez-vous Schproutt»! Gna-Gna! «Mangez Schproutt»! Et vous marchez, marchez dans les souterrains! Le marathon! Et vous attendez sur le quai un train qui n'arrive pas! Qu'est-ce qu'il fait? Le chauffeur est parti se promener, ma parole! Tout le monde se bouscule! Et les rames sont bondées! On vous secoue comme un cocotier pour vous faire tomber les lunettes! Grr! Grr! Les gens se regardent en chiens de faïence! Et par-dessus le marché, une bande d'ahuris se mettent à gratter des casseroles pour vous écorcher les oreilles ! Lamentable ! Scandaleux ! Inadmissible ! Je le déclare tout net : le métro, on devrait l'interdire au public !

Commerçant

Monsieur le Président-Directeur Général des établissements Tagada.

Comme j'ai vu dans les couloirs du métropolitain des publicités pour les établissements Tagada, je me suis dit que vous seriez peut-être intéressé par des emplacements publicitaires que j'ai fait installer dans les couloirs de mon immeuble. Beaucoup de locataires passent par là, ils ne manqueront pas de lire vos réclames.

On m'a raconté que vous payiez fort cher les emplacements proposés par la RATP. Moi je suis disposé à vous laisser les miens moitié prix.

Si ça vous intéresse, je peux même vous offrir en prime les murs de la cave, car il passe beaucoup de monde dans le sous-sol vu qu'on est cambriolés tous les trois jours. Puisque l'électricité est en panne, je vous consentirai une remise de 50 %.

Veuillez agréer, Monsieur le Président-Directeur Général des établissements Tagada, mes salutations distinguées.

Confus

La matin, moi j'y vais à ma travail et j'y descends dans la métro. J'y marche dans la souterrain en y regardant le publicité sur la mur. Quand moi j'y arrive sur la quai, j'y vois un grande foule qui attend. J'y vois un dame avec sa bébé. J'y vois une monsieur en train de lire sa journal. Une clochard il y fait griller un saucisse sur une réchaud à gaz. Il y est assis sur la banc. Enfin, le rame, il y sort de la tunnel et le portière il s'ouvre. Moi j'y monte dans la wagon et j'y m'assois sur le banquette à côté d'un femme qu'il y tricote. En face de moi, une jeune homme il y écoute du musique sur une walkman. Moi j'y m'ennuie. Heureusement, une joueur de guitare il s'y met à pousser le chansonnette dans une micro. Ça y aide à tuer la temps !

Content

Je suis content! Je vais monter dans le métro pour ma fête! Quand je pense à tous ces malheureux qui n'ont pas la chance, comme moi, de prendre le métropolitain, je me sens vraiment privilégié! Quel bonheur de me promener dans les couloirs pavoisés de publicités multicolores! On se croirait en voyage! On rêve: Tahiti à gauche avec son ciel bleu et ses palmiers, Istanbul à droite avec ses minarets! D'ailleurs, dans le métro, c'est déjà le grand bazar! Une foule d'indigènes vous côtoie! Fermez les yeux! Entendez l'appel des marchands de bananes, d'ananas et de bracelets-montres! Et quand vous entrez dans la rame, c'est comme si vous partiez en croisière. Des concerts vous sont proposés. Le métro vous emporte, loin, loin, loin! Quelle joie!

Contradictoire

Tous les soirs dès l'aube, je grimpe péniblement sans effort au fond du métro en sifflant un joyeux air triste. De vives publicités mornes ornent laidement les murs des souterrains déserts envahis par la multitude. Quelques personnes immobiles attendent en gesticulant sur le quai. La rame entre à la sortie du tunnel. Elle avance à reculons ou le contraire, on ne peut pas savoir, vu que la tête et la queue sont aussi parfaitement semblables que rigoureusement différentes. On monte dans la rame et on s'assoit debout. On se bouche les oreilles pour entendre une discordante musique mélodieuse produite par des joueurs de guitares sans cordes.

Crétin

J'aimerais le métro s'il n'était pas si compliqué. Il y a trop de stations. Il faut acheter un billet, jusqu'ici ça va. Descendre l'escalier, ça va encore. Marcher dans les souterrains. Bon, ça va. Attendre sur le quai. Ça va toujours. Monter dans la rame. Ça va. Entendre les guitaristes. Ça va bien. Mais ce qui ne va plus, c'est que la rame s'arrête ! Et qu'elle s'arrête souvent ! Il faut ressortir poinçonner son billet à chaque station, c'est pénible, tu ne peux pas savoir !

Cynique

(L'acteur entre, s'adresse aux spectateurs, avec un sourire méchant.)
    Vous êtes dans le métro ? C'EST BIEN FAIT !

Deux clochards

MIMILE: Ils sont fous, ces types! Il n'est pas 7 heures, et déjà, ils courent et se bousculent dans le métro!

TATAVE: Ils vont au boulot.

MIMILE: Ça m'étonnerait. S'ils allaient au boulot, ils ne galoperaient pas comme ça. Est-ce que je galope, moi, quand on me propose d'aller travailler?

TATAVE: Oui! Dans l'autre sens! *(Ils rient.)* Passe-moi le camembert.

MIMILE: Regarde-les s'engouffrer dans la rame! Ils sont si serrés qu'ils n'ont même pas de place pour se gratter les puces!

TATAVE: Sans compter qu'ils ne sentent pas bon! Passe-moi le litre de rouge.

MIMILE: Je suis monté une fois dans un wagon. C'était tellement bruyant que je n'ai pas pu dormir.

TATAVE: Je te crois! C'est plein de guitaristes!

MIMILE: Je suis redescendu aussitôt!

TATAVE: Tu as raison, Mimile. On est mieux sur le quai. A la tienne!

(Ils trinquent.)

Deux commères

(Sur le pas de la porte.)

FRISAIGRE : Bonjour Mâme Pipelet. Ça va, la santé ?

PIPELET : Ça va comme ça peut. Et vous, Mâme Frisaigre ?

FRISAIGRE : A part mes coliques, je n'ai pas mal au ventre. Et vous, votre mari ?

PIPELET : Ne m'en parlez pas ! Il se traîne à quatre pattes tellement il est fatigué !

FRISAIGRE : Comme le mien ! Si ce n'est pas malheureux, à leur âge, d'être encore forcé d'aller au travail par le métro ! Ils mériteraient une médaille !

PIPELET : C'est bien vrai ! Figurez-vous que Mâme Glambule, vous la connaissez, une grande blonde avec deux dents de devant qui lui manquent ; bon, eh bien, elle m'a raconté que l'autre jour, dans le métro, elle a vu un homme qui se promenait tout nu !

FRISAIGRE : Tout nu ! C'est un coup à attraper la varmicelle !

PIPELET: Et à la refiler aux autres! Parce que les hippydémies, vous savez, les maladies des hippies, ça commence comme ça!

FRISAIGRE: Il y a un commencement à tout!

PIPELET: Vous entrez dans le métro, et crac! Vous attrapez la varmicelle ou l'appendicite!

FRISAIGRE: Si ça se trouve, c'est comme ça que mon cousin Eugène a attrapé sa fracture du cubitus!

PIPELET: On en a vu d'autres!

FRISAIGRE: Quand je pense à mon pauvre mari obligé de descendre sous terre tous les jours dans ces souterrains!

PIPELET: Moi je conseille au mien de garder son mouchoir sur le nez, parce que c'est par le nez qu'on chope les microbes!

FRISAIGRE: Ah oui?

PIPELET: Même qu'au Japon, les gens portent des masques sur le visage!

FRISAIGRE: Vous êtes sûre que ce n'est pas pour faire des hold-up, Mâme Pipelet?

PIPELET: Ils ne me l'ont pas dit, Mâme Frisaigre.

FRISAIGRE: Et comment font-ils pour chanter?

PIPELET: Je ne sais pas. Ils chantent en japonais de toute façon: il n'y a rien à comprendre.

FRISAIGRE: C'est juste.

PIPELET: Bon, je vous laisse. Il faut que j'aille faire bouillir mon frichti.

FRISAIGRE: Et moi de même, Mâme Pipelet. A la revoyure!

PIPELET: C'est quand même bon de parler, soit dit sans vous offenser, Mâme Frisaigre. Ça apprend des choses.

FRISAIGRE: Je suis bien d'accord, Mâme Pipelet: le dialogue, il n'y a que ça de vrai pour parler à deux!

(Elles se séparent.)

Dragueur

(Il suit une fille qui passe de droite à gauche.)
Salut la meuf. Ça boume? Tu sais que tu es un joli boudin, toi? Si si. Tu as tout ce qu'il faut là où il faut, tu as le tiercé dans l'ordre, quoi. Où que tu vas comme ça? Ça te botte que je te suive? Tout le monde me trouve sympa, sans me vanter. Tu vas au Châtelet? Moi aussi. Tu sais que tu trottes vite pour un petit boudin. D'habitude, les boudins, ça se traîne. Mais toi, tu as la classe! Si tu veux, on pourra se revoir et...

(Arrive un guitariste. La fille l'embrasse, ils partent ensemble. Le dragueur reste seul, décontenancé. Mais une autre fille passe, de gauche à droite cette fois. Le dragueur lui emboîte le pas.)
Salut la meuf. Ça boume? Tu sais que tu es

un joli boudin, toi? Si si. Tu as tout ce qu'il faut là où il faut, etc...

(La suite du même monologue se perd en coulisses.)

Élégiaque

Mignonne, allons voir si la rame
Qui ce matin troublait votre âme
En raison de ses appareils,
A point perdu cette vesprée
Sa tôle à Saint-Germain-des-Prés
Et son teint au vôtre pareil.

Las! Voyez comme en peu d'espace,
Mignonne, elle a, à Montparnasse,
Las! Las! ses beautés laissé choir!
Ô vraiment la technique est dingue
Puisqu'un tel wagon se déglingue
Sur ses rails à Richard-Lenoir!

Donc, si vous m'en croyez, Mignonne,
Grattez la guitare à Cambronne,
Chantez à la Motte-Piquet!
Cueillez, cueillez votre jeunesse!
Comme à ce métro la vieillesse
Fera ternir votre beauté.

Empoisonneur

(Trois personnage.)

EMPOISONNEUR : Excusez-moi, Monsieur. Est-ce que je peux vous demander pardon ? c'est pour un renseignement. Est-ce que c'est bien ici le métro ?

HOMME *(qui lit un journal)* : Oui.

EMPOISONNEUR : Parce que, voyez-vous, je ne savais pas où aller. J'ai vu des gens descendre un escalier, et je me suis dit... – J'espère que je ne vous dérange pas ?

HOMME *(poli)* : Non.

EMPOISONNEUR : Je me suis dit : Ernest... – Ernest, c'est mon prénom ; mes parents m'ont prénommé Ernest parce que mon grand-père paternel se prénommait Gaston ; vous me direz qu'il n'y a pas de rapport, mais pardon, il y en a un, car figurez-vous que le chien de tante Célestine... – Au fait ? Pouvez-vous me dire l'heure ?

HOMME *(soupirant)* : Moins dix.

EMPOISONNEUR: Moins dix de quelle heure?

HOMME: De 7 heures.

(Il reprend son journal avec impatience.)

EMPOISONNEUR: J'aime mieux ça. J'ai craint un instant que ce ne soit de 8 heures, parce que j'aurais été en retard; je me serais fait passer un savon par mon patron... *(Il regarde le journal de l'homme:)* Ah! Je vois que le XV de France a battu le XV d'Angleterre! C'est une bonne chose! C'était du football ou du tennis?

HOMME *(agacé):* Du rugby.

EMPOISONNEUR: Je comprends. Remarquez, moi ce que j'en dis, c'est seulement pour causer, parce que je suis d'un naturel causant et sympathique, tout le monde en convient, et d'ailleurs ma cousine Léonie répète à qui veut l'entendre que je... – Tiens! Voilà la rame! Vous prenez ce métro vous aussi?

HOMME: Ça dépend de ce que VOUS ferez.

EMPOISONNEUR: Moi je le prends!

HOMME: Alors je vais attendre le suivant.

EMPOISONNEUR: Dommage. Nous aurions bavardé pendant le trajet.

(L'homme s'éloigne. L'empoisonneur monte dans un wagon. Il s'adresse aussitôt à un autre voyageur.)

EMPOISONNEUR : Excusez-moi. Est-ce que je suis bien dans la rame du métro ?

VOYAGEUR : Ça m'en a tout l'air !

EMPOISONNEUR : Est-ce qu'elle va jusqu'au terminus de la ligne ?

VOYAGEUR : Oui, évidemment. *(Il veut lire.)*

EMPOISONNEUR : Parce que moi, je n'y vais pas. Mais ça doit être pratique pour ceux qui y vont, que la rame y aille aussi.

(Il regarde le journal du voyageur.)

EMPOISONNEUR : Ah ! Le président de la république du Danemark est en visite en Belgique. C'est une excellente chose pour les Danemarkois. Ou les Danemarkiens. Hein ? Qu'est-ce que vous en pensez ?

VOYAGEUR : Ce n'est pas mal non plus pour les Belgiquais.

EMPOISONNEUR : Vous avez raison ! C'est bon pour le rapprochement des peuples. Il faut que les gens se parlent, ils ne se parlent plus assez, nulle part ! Nous sommes devenus des étrangers les uns pour les autres, alors que nous sommes tous des hommes, sauf les femmes et les animaux, bien entendu. Qu'est-ce que vous en pensez?

VOYAGEUR: Je ne dis pas le contraire...

EMPOISONNEUR: Ah! Voilà un chanteur qui monte avec nous! *(Contrarié:)* Il va faire du bruit et nous empêcher de bavarder! C'est dommage!

(On entend la guitare et le chanteur.)

EMPOISONNEUR *(élevant la voix)*: Je vous trouvais très sympathique! Je sens que nous aurions pu causer comme ça tous les deux pendant des heures sans cet empoisonneur!

Endormi

Le matin *(bâillement)* j'ai du mal à ouvrir les yeux et je prends le métro dans le brouillard *(bâillement)*. Remarque, c'est facile, il suffit de suivre le troupeau *(bâillement)* qui piétine dans les souterrains ; l'essentiel, c'est de ne pas se tromper de troupeau *(bâillement)* parce que si tu te trompes de troupeau, ce n'est pas à ton travail que tu arrives, mais au travail des autres *(bâillement)*. Ce qui compte, c'est de suivre le bon troupeau, dans les bons couloirs, et de prendre la bonne rame *(bâillement)*. Après, tu te cales dans un coin tranquille pour piquer un petit roupillon *(bâillement)*. Il paraît qu'il y a des chanteurs, mais moi je n'en sais rien, vu que je dors dès que je suis installé *(bâillement)*.

(Il s'endort. Quelqu'un entre en scène en faisant signe au public de ne pas faire de bruit. Il le fait sortir.)

Ermite

(L'ermite a une très longue barbe. Entrent un guide et des touristes.)

GUIDE : This way, Ladies and Gentlemen. Par ici, Mesdames et Messieurs. La RATP a l'honneur de vous présenter le plus vieil ermite du métro. J'ai nommé Monsieur Dugudu! Monsieur Dugudu est ermite – attention! je n'ai pas dit «est termite», car la RATP mène une lutte impitoyable aux termites, mais j'ai dit «est ermite», avec une liaison. Ah-Ah-Ah. Monsieur Dugudu! Depuis combien de temps êtes-vous installé dans cette station?

DUGUDU : Depuis 58 ans, 6 mois et 17 jours.

GUIDE : Comment vous est venue la vocation d'ermite, Monsieur Dugudu?

DUGUDU : C'était un matin, j'allais au turbin. Et j'ai entendu : «Salut Dugudu!»

GUIDE : Qui est-ce qui parlait?

DUGUDU : C'était le destin, dans le souterrain!

GUIDE: Il n'y avait personne?

DUGUDU: Mais c'était à moi que parlait la voix!

GUIDE: Que disait-elle?

DUGUDU: Vas-tu t'arrêter, bougre d'entêté!

GUIDE: Qu'avez-vous fait?

DUGUDU: J'ai posé mes fesses ici en souplesse, me suis arrêté, et j'y suis resté.

(Murmure des touristes. Ils photographient l'ermite.)

GUIDE: Vous ne sortez jamais, Monsieur Dugudu? *(L'ermite secoue la tête.)* Et voilà, mesdames et messieurs, vous venez de rencontrer l'ermite du métro, Monsieur Dugudu. Par ici la sortie, Mesdames et Messieurs; this way, Ladies and Gentlemen. *(Il ramasse quelque chose qu'il pose sur la tête de l'ermite tandis que les touristes tournent le dos et s'en vont. C'est une casquette jaune et marron de la RATP.)* Votre casquette!

(Dugudu a un geste d'excuse. Il ajuste la casquette. Le guide sort avec ses touristes.)

Événement

(Un ministre, son secrétaire, des voyageurs.)

SECRÉTAIRE: Monsieur le Ministre, nous y sommes.

MINISTRE: C'est donc ça le métropolitain! Depuis le temps que j'en entends parler! A quoi servent ces sympathiques banquettes métalliques sur le quai?

SECRÉTAIRE: A s'asseoir, Monsieur le Ministre.

MINISTRE: Pourquoi les voyageurs attendent-ils debout, dans ce cas? Dites donc, mon brave? Pourquoi ne vous asseyez-vous pas sur ces banquettes?

VOYAGEUR: Elles sont réservées aux clochards.

MINISTRE: Ah. Bien. Je vois qu'on a installé la télévision publicitaire pour éduquer le peuple. Pourquoi ne la regarde-t-il pas?

SECRÉTAIRE: Les programmes sont sans doute trop difficiles pour lui, Monsieur le

Ministre. Je vais leur demander. Dites-moi, ma brave dame? Pourquoi ne regardez-vous pas la télévision publicitaire?

DAME: Parce que les programmes sont débiles.

SECRÉTAIRE: Elle a dit que…

MINISTRE *(agacé)*: J'ai entendu. *(Il pivote en entendant un grondement.)* Mais qu'est-ce que ce vacarme?

SECRÉTAIRE: C'est la rame, Monsieur le Ministre.

MINISTRE *(à la vue de 2 musiciens)*: Et ça?

SECRÉTAIRE: Ce sont des musiciens de métro, Monsieur le Ministre. Ils montent avec les voyageurs pour les empêcher de dormir ou de penser. Voulez-vous entrer dans le wagon, Monsieur le Ministre?

(A ce moment, les musiciens commencent à chanter.)

MINISTRE: Je crois que je vais regagner mon ministère.

SECRÉTAIRE *(lui emboîtant le pas vers la sortie)*: Monsieur le Ministre! Vous ne voulez pas serrer des mains et faire une photographie pour la presse?

(Le ministre s'en va. Le secrétaire reste seul en arrière.)

SECRÉTAIRE: Pour une fois qu'un ministre descendait dans le métro! Combien de temps maintenant avant qu'un autre ne s'y risque!

Faible

(Quatre déménageurs se passent des caisses pesantes.)

PREMIER: Moi, le matin, je me lève à 6 heures. Attrape!

DEUXIÈME: Moi aussi, je me lève à 6 heures. Oh, attrape!

TROISIÈME: Moi aussi, je me lève à 6 heures. Oh, eh, attrape!

QUATRIÈME *(laisse tomber la caisse par terre)*: Zut! *(Il la ramasse et la redonne au premier.)*

PREMIER: Je fonce prendre le métro à la porte de Montreuil. Attrape!

DEUXIÈME: Moi je le prends à la porte d'Italie. Oh, attrape!

TROISIÈME: Et moi à la porte d'Orléans. Oh, eh, attrape!

QUATRIÈME *(laisse tomber la caisse)*: Zut! *(Il la ramasse et la donne au premier.)*

PREMIER: Dans ma rame viennent des guitaristes! Attrape!

DEUXIÈME: Dans la mienne aussi. Ou alors des joueurs de guitare. Oh, attrape!

TROISIÈME: Moi ce sont des chanteurs qui grattent des instruments à corde. Oh, eh, attrape!

QUATRIÈME *(laisse tomber la caisse)*: Zut!

(Les autres le dévisagent.)

PREMIER: Heureusement que c'était de la vaisselle!

DEUXIÈME: Tu dors? Tu as mangé des nouilles?

TROISIÈME: Tu as les bras en coton? Oh, eh, attrape!

QUATRIÈME *(se met à pleurer)*: Ce n'est pas ma faute, moi je fais le chemin à pieeed!

Fataliste

(L'acteur arrive en jouant avec une pièce de monnaie.)

Pile, je descends dans le métro ; face, je reste dans la rue. Pile ! Je descends. C'est le destin qui décide. Il ne faut pas le contrarier. Pile, je prends le couloir de gauche ; face, je prends celui de droite. Face ! Je prends celui de droite. Dommage. Celui de gauche me semblait mieux éclairé. Tant pis. Ce n'est pas à moi de choisir, le destin sait ce qu'il fait. La preuve : j'aurais pu arriver n'importe où, mais voilà que j'arrive sur le quai. Et même ! Une rame entre en gare. Pile, je monte dedans ; face, je reste sur le quai à compter les mouches. Pile ! Je grimpe. Il y a beaucoup de monde, on peut reluquer les voyageurs. Je me demande s'ils sont tous conduits par le destin. Certainement. Le sort arrange tout. Pas les harengs saurs, comme dit mon tonton Aristide. J'entends un guitariste. Il ne joue pas mal, mais je n'ai qu'une pièce. Pile, je la lui donne ; face, je me la réserve. Pile ! Je la lui donne. Et zut ! Je n'ai plus de destin, je ne sais plus me débrouiller ! Il va falloir que je fasse la manche à mon tour pour savoir quoi faire !

Fouineur

Le matin, je me lève tôt et je file dans le métro. Je ne m'occupe pas de ceux qui vont au travail ; ceux-là, on sait ce qu'ils gagnent. Je m'occupe des chanteurs. Je commence par en repérer un qui se prépare. Il accorde son instrument. Je le suis sans me faire remarquer. Je sors mon carnet et mon crayon. Je monte dans la rame auprès du guitariste. Je l'écoute chanter et après je le suis quand il fait la quête : je compte les pièces qu'on lui donne. Je le file comme ça toute la journée, et je fais le total de ses gains. Après, je multiplie par 30 pour savoir ce qu'il gagne par mois. Je transmets la fiche au percepteur des impôts. *(Il se penche vers le public en faisant semblant d'entendre une question qu'on lui pose.)* Pourquoi j'ai les yeux au beurre noir ? *(Fâché :)* Ça vous regarde ? Non mais !

Guide

(Lumières étranges, musiques fantastiques. Entrée de petits personnages verts avec des trompes. Ce sont des extraterrestres du futur; l'un guide les autres.)

Vous vous trouvez maintenant dans un lieu désert qui fut fréquenté par des millions de Terriens il y a 5 000 ou 6 000 ans. Là se bousculaient des individus en provenance de toutes les parties de la planète morte. A l'époque, des peintures primitives rudimentaires ornaient les parois des souterrains. On a pu en reconstituer deux ou trois sans comprendre leur utilité, car elles représentaient des paquets de lessive. Les Terriens attendaient sur un quai. Ils montaient dans ces vieux wagons restaurés que vous pouvez observer sur les voies. Ils montaient dedans, pas dessus. Dedans. Ils s'y entassaient. Ils supportaient cela sans voir le paysage. Des voyageurs jouaient d'une espèce de luth pour divertir leurs compagnons. On ignore qui les choisissait, si c'était la direction des transports

ou s'ils étaient tirés au sort parmi les voyageurs
à chaque déplacement. Cette époque ancienne
reste mystérieuse. N'oubliez pas le guide, s'il
vous plaît.

Ha, ha, ha !

Héroïque

La vie est une lutte! Se lever est déjà grandiose! Le réveil sonne la charge et tu sautes du lit armé d'une brosse à dents! Courage! Tu te laves! Tu t'habilles! Tu cours! Il ne s'agit pas de se laisser distancer par la pendule! Victoire! Tu t'élances enfin dans la rue! Une foule de rivaux courent dans le même sens vers le métro! Il faut dépasser tout le monde pour ne pas faire la queue aux barrières! La bagarre commence! Fonce dans le tas! Joue des coudes! Distribue des coups de pied aux traînards! Balance-les de côté s'ils dorment sur les escalators! Ce qui importe, ce n'est pas de participer, c'est de monter le premier dans la rame pour choisir ta place! Tu t'assois! Les autres restent debout. Alors tu peux savourer les chants de victoire que les guitaristes entonnent à ta gloire: tu as encore gagné aujourd'hui!

Hôtesse

Mesdames et Messieurs, le commandant de bord et son équipage vous souhaitent la bienvenue à bord de la rame 7893. Notre voyage entre porte d'Orléans et porte de Clignancourt durera 49 minutes approximativement sauf les pannes, et comportera 22 escales.

La température entre porte d'Orléans et porte de Clignancourt variera seulement de 3 degrés. Notre rame est tirée par une motrice Alsthom MP 59. Mesdames et Messieurs, nous vous invitons à prendre connaissance des mesures de sécurité.

En cas de dépressurisation des wagons, des ballons d'oxygène tomberont automatiquement à portée de vos mains, comme ceci. *(Démonstration.)* Des bouées de sauvetage et des gilets pneumatiques sont à votre disposition sous les sièges. Nous vous prions de garder les ceintures attachées au moment du départ et à l'arrivée, et de ne pas utiliser les toilettes. Pendant le parcours, des boissons et un déjeuner seront servis ; nous vous invitons à ne pas fumer hors des zones réservées aux fumeurs. Merci. Le commandant de bord et son équipage vous souhaitent un agréable voyage et espèrent vous revoir bientôt sur les lignes de la RATP.

Idiot

Pourquoi qu'il y a des grands trous avec des escaliers dans les trottoirs? Hein? Pourquoi qu'il y a des marches qui descendent et des marches qui montent? Hein? Pourquoi que les tunnels se tortillent et pourquoi qu'il y a des quais avec des trains arrêtés à côté au lieu d'être dessus? Hein? Pourquoi que des types montent dans les wagons alors que d'autres en ressortent? Hein? Ils ne savent pas ce qu'ils veulent? Hein? Pourquoi qu'ils ont envie de monter puisque les autres refusent de rester dedans? Hein? C'est peut-être à cause des guitaristes? Hein?

Inattendu

Entre un pauvre clochard, qui se gratte, reniffle, s'assied dans un coin.

Entre ensuite un homme riche, qui avance vers le milieu de la scène, et qui, apercevant le pauvre, fait demi-tour et revient vers lui.

LE RICHE *(au pauvre)*: T'as pas 100 balles?

Interactif

(Un acteur dessine le chemin sur un tableau en même temps.)

Tu arrives à l'entrée d'une bouche de métro. Que fais-tu ? Si tu entres, va au numéro 2. Si tu n'entres pas, va au 3.

Tu n'entres pas. Retourne chez toi, l'aventure est terminée.

Tu entres. Iras-tu à droite ou à gauche ? Si tu vas à droite, rendez-vous au numéro 4. Si tu vas à gauche, rendez-vous au 5.

4. Tu vas à droite. Tu marches. Des gens te bousculent. Tu arrives au numéro 6.

5. Tu vas à gauche. Tu marches. Des gens te bousculent. Tu arrives au numéro 6. Tu débarques sur un quai noir de monde. Une rame surgit du tunnel en grondant. Que fais-tu ? Si tu grimpes dedans, rends-toi au numéro 7. Si tu restes sur le quai, va au 8.

7. Tu montes dans la rame. Tu cherches une place assise. Si tu en trouves une, cours au 9. Si tu n'en trouves pas, va au 10.

9. Tu trouves une place et tu t'installes. En face de toi est assis un vilain gamin qui te lance des coups de pied. Si tu te relèves, rendez-vous au 10. Si tu restes assis, va au 11.

11. Tu restes assis. Tu reçois des coups de pied, tu as mal et ton pantalon est sale. Pendant ce temps, un jeune homme chante et gratte une guitare. Il quête. Si tu lui donnes une pièce, déplace-toi jusqu'au numéro 12. Si tu ne lui donnes rien, va au 13.

12. Tu lui donnes une pièce, il te remercie. Tu viens de gagner le droit de donner une autre pièce au prochain chanteur qui le remplacera dès qu'il aura quitté le wagon.

13. Tu ne donnes rien. Le chanteur grommelle. Tu as gagné le droit de te montrer plus généreux en donnant quelque chose au chanteur qui le remplacera dès qu'il aura quitté le wagon.

Mais revenons à 10. Tu es resté debout, ou tu t'es relevé. Tu gênes le chanteur, il te le fait remarquer. Que fais-tu ? Ou bien tu redescends sur le quai et tu te retrouves au numéro 8. Ou bien tu restes dans le wagon, et dans ce cas, tu te rends au numéro 14.

Tu restes au 14. Tu gênes le chanteur. Comme son amplificateur de guitare électrique est tout près de toi, tu es assourdi. Alors tu descends et tu te retrouves au 8. Tu attends la rame suivante, et elle est bondée. Ou tu montes dedans malgré tout (numéro 15) ou tu restes en 8 et tu risques d'y poireauter jusqu'au soir. Choisis.

Interview

(Un journaliste tend le micro à un touriste étranger.)

JOURNALISTE: Vous êtes en vacances à Paris?

TOURISTE *(enthousiasmé)*: Yava tarakom Pariss!

JOURNALISTE: Ah. Vous n'êtes pas de chez nous. Qu'est-ce qui vous a plu à Paris? Quoi vous trouver good?

TOURISTE: Yava tarakom bouzibouzi tour Eiffel! Montmartre! Arc de triomphe! Lido! Kiski gradada! *(Il fait des gestes.)*

JOURNALISTE: Qu'avez-vous préféré? Heu... Quoi vous love super?

TOURISTE: Super? Yava tarakom mitropilétain! Super!

JOURNALISTE: Quelle idée!

TOURISTE: Yava tarakom mitropilétain! Hip-Hip-Hip RRahou!

JOURNALISTE: Qu'est-ce qui vous a plu dans le métro? L'odeur? *(Il fait des gestes.)*

TOURISTE: Yava! Super snouff!

JOURNALISTE: La bousculade?

TOURISTE: Yava! Super taptap!

JOURNALISTE: Les souterrains? *(Il fait le geste de se faufiler.)*

TOURISTE: Yava pickpockets! *(C'est au tour du touriste de demander quelque chose au journaliste:)* Ko bagadou cling-cling?

JOURNALISTE: Pardon? Moi pas comprendre. *(Le touriste imite un guitariste.)* Ah oui, les guitaristes! Hé bien, ils ne sont pas de chez nous. Touristes. Heu. Yava tarakom super!

TOURISTE: Ah.

(Le journaliste sort, laissant le touriste pantois.)

Joueur

(Un meneur de jeu ; trois candidats.)

MENEUR : Monsieur Tartempion, nous allons jouer au « ni oui ni non ». Attention, c'est parti. Ça ne vous gêne pas que nous parlions du métro ?

TARTEMPION : Non. Pas du tout.

MENEUR : Perdu !

TARTEMPION : Quoi ? *(Il se rend compte qu'il a perdu.)* Oh zut !

MENEUR : Au suivant ! Madame Lebisou, vous êtes prête ? C'est parti ! Naturellement, vous ne descendez jamais dans le métro ?

LEBISOU : Si, ça m'arrive.

MENEUR : Vous montez dans les wagons ?

LEBISOU : Oui. *(Elle se rend compte qu'elle vient de perdre.)* Ah flûte !

MENEUR : Au suivant ! Monsieur Groguili, c'est parti ! Vous écoutez les chanteurs du métropolitain ?

GROGUILI : Heu. Je les entends… heu.

MENEUR: Dites-moi, Groguili, c'est vraiment votre nom?

GROGUILI: Oui oui. *(Il se rend compte qu'il a perdu.)* Ah la barbe!

Kon

Le matin, quelle konnerie, il faut se lever comme un kon pour aller bosser. Dehors, il fait un temps de kon. Tu t'engouffres dans cette konnerie de bouche de métro avec une foule d'autres kons, et tu te fatigues dans les escaliers parce que ces kons d'escalators mécaniques sont encore en panne. Quelle konnerie! Tu marches comme un kon dans des souterrains à la kon décorés de publicités faites par des konnards. Sur le quai, une bande de kons attend la rame qui s'amène en roulant comme une konne sur ses konneries de rails. Tu montes, tu t'assois comme un kon avec des tas de kons, et tu essaies de dormir. Alors, des petits kons viennent chanter des chansons de vieux kons avec des micros. Tout ça c'est d'un kon!

Latiniste

(Les sentences latines peuvent être dites par un autre comédien ou un chœur.)

Je suis monté dans le métro pour la énième fois.

Abusus non tollit usum.

Je me suis engagé sur l'escalator.

Alea jacta est.

J'ai foncé pour arriver le premier sur le quai.

Audaces fortuna juvat.

Je suis monté dans un wagon jaune parce qu'il y avait trop de monde dans les wagons bleus.

Errare humanum est !

Je me suis assis sur la banquette.

Horresco referens.

Le contrôleur est arrivé ; il m'a fait payer une amende.

Dura lex, sed lex.

J'ai changé de wagon, je n'étais pas content.

Vae victis !

Un guitariste braillait une chanson joyeuse qui me sembla bien triste.

De gustibus et coloribus non disputandum.

Je ne suis pas près d'oublier cette journée.

Diem perdidi!

Laurel et Hardy

(Hardy marche devant. Laurel le suit en portant trois valises et un sac.)

HARDY : Qu'est-ce que tu fais, Stan ? Tu traînes !

LAUREL *(pleurnichant)* : Je fais ce que je peux, Ollie !

HARDY : Suis-moi en face des premières classes. Je ne comprends pas pourquoi les couloirs ne débouchent pas en face des premières classes. Puisque les voyageurs de première classe paient plus cher, ils devraient avoir moins de chemin à faire à pied, et se fatiguer moins que ceux qui voyagent en seconde. Je me plaindrai. Mais qu'est-ce que tu fais, Stan ?

LAUREL : Je dépose les bagages sur le quai, Ollie.

HARDY : Je te prie de tenir les bagages AU-DESSUS du sol, à cause de la saleté !

(Laurel reprend ses bagages. Chaque fois qu'il attrape une valise, il lâche l'autre. Hardy le

*regarde faire d'un air agacé. Laurel continue,
perd son chapeau, ramasse le chapeau, perd
une autre valise. Furieux, Hardy le frappe d'un
coup de chapeau. Laurel pleure en grimaçant.)*

HARDY *(le chargeant de bagages)*: Attrape
ça, imbécile!

LAUREL: Excuse-moi, Ollie. Je n'ai pas
assez de bras!

HARDY *(consultant sa montre): Ce train
n'arrive pas!

*(Il regarde Laurel qui essaie de se gratter le
nez malgré les bagages dont il est chargé.)*

LAUREL *(timidement)*: Ho, Ollie?

HARDY: Quoi encore?

LAUREL: J'ai le nez... qui pique... Att...
Att...

*(Hardy sort son mouchoir, et Laurel se mou-
che dedans. Hardy fourre le mouchoir d'un air
dégoûté dans la poche de Laurel. Le train arrive.
Hardy monte dans le wagon. Il salue poliment
les voyageurs. On entend un guitariste, à qui
Hardy adresse un petit salut de la main. Laurel
veut monter à son tour dans le wagon.)*

LAUREL: Ollie? Où es-tu? Attends-moi!

(Il n'y voit rien à cause des bagages, manque

la marche, tombe avec les valises. Il se relève.
Fureur de Hardy qui se contente néanmoins de
regarder.)

HARDY : Et alors ! Les valises !

LAUREL : Elles sont par terre, Ollie…

(Hardy lui donne un coup de chapeau.)

HARDY : Ramasse-les !

(Laurel se précipite pour les ramasser, alors
qu'on entend le signal de départ de la rame.
Hardy, qui est dans le wagon, s'éloigne. Laurel
n'a rien vu, occupé à essayer de ramasser les
valises. Il n'y voit rien, se dirige vers le bord de
la scène. Le public pensera qu'il va tomber.
Mais Laurel s'arrête au dernier moment.)

LAUREL : Ollie ? Ollie ? J'ai récupéré les
valises ! Ollie ?

(Il pivote plusieurs fois au hasard en appe-
lant, et sort.)

Loup et Chaperon rouge

CHAPERON : Bonjour. Je porte un pot de beurre et des galettes à ma mamie qui demeure de l'autre côté de Paris. Ma maman m'a recommandé d'être prudente dans le métro. Elle a bien raison, avec tout ce qui s'y passe !

LOUP *(bas)* : Tiens, une poulette. *(Haut :)* Salut, ma mignonne. Où vas-tu de ce pas ?

CHAPERON *(bas)* : Un autre voyageur. Il a une vilaine tête. *(Haut :)* Je porte un pot de beurre et des galettes à ma mamie qui demeure au terminus de la ligne.

LOUP : Formidable ! J'y allais justement. Et comment est-elle, ta mamie ? Bien en chair ? Je veux dire : appétissante ? Je veux dire : ce n'est pas le genre à se barricader chez elle avec 36 verrous et des sirènes d'alarme ?

CHAPERON: Non! Ma mamie ne ferme même pas sa porte à clé!

LOUP: Formidable! Je veux dire: j'adore les gens confiants et dodus. Je veux dire: les braves gens. Et j'adore les fillettes aussi. Comment t'appelles-tu?

CHAPERON: On m'appelle le Petit Chaperon rouge, rapport à mon K-Way rouge du Bazar de l'Hôtel de Ville. Comme vous voyez.

LOUP: Très élégant. Mais la rame arrive, je l'entends gronder dans le tunnel. Écoute. J'ai un jeu à te proposer.

CHAPERON: Chic! Un jeu!

LOUP: Moi j'irai chez ta mamie par cette ligne-là, celle qui va tout droit. Et toi, tu iras par celle qui fait des zigzags, tu auras le temps d'écouter les guitaristes. On verra qui de nous deux sera chez ta mamie le premier.

CHAPERON: On va s'amuser!

LOUP: Tiens, je te donne 10 francs, je viens de les faucher à un voyageur. Avec cet argent, tu perdras du temps à acheter des fleurs – je veux dire: tu achèteras des fleurs pour ta chère mamie, ça lui fera plaisir.

CHAPERON: Merci! *(Ils se séparent.)* Il a uné vilaine tête, c'est vrai, mais quel brave cœur! J'ai bien fait de le rencontrer!

Marin

Médical

Un médecin finit d'ausculter un malade et rédige l'ordonnance pendant que le malade se rhabille.)

MÉDECIN : Vous ferez une cure de métropolitain.

MALADE : Qu'est-ce que j'ai, docteur ? C'est grave ?

MÉDECIN : Un peu de tristesse à cause du travail et du mauvais temps. Trois semaines de métro et tout ça ne sera qu'un mauvais souvenir.

MALADE : Ah bon.

MÉDECIN : Vous descendrez donc dans le métro trois fois par jour. Matin, midi et soir.

MALADE : Le soir aussi ? Je ne pourrai pas regarder la télévision...

MÉDECIN : Vous voulez guérir ? Alors pas de télévision. Le métro.

MALADE : Je le prends pendant le repas ?

MÉDECIN : Juste après. Vous déambulerez dans les souterrains, plus vous ferez de chemin mieux ça vaudra.

MALADE : Bien, docteur.

MÉDECIN : Arrivé sur le quai, montez dans une rame.

MALADE : N'importe laquelle, docteur ?

MÉDECIN : N'importe laquelle mais trois fois par jour. Matin, midi et soir. Essayez de trouver une banquette propre, ou restez debout. Et allez jusqu'au terminus. Sinon la cure serait incomplète.

MALADE : Jusqu'au terminus !

MÉDECIN : Ne faites pas cette tête, ça vous distraira. Vous écouterez les guitaristes.

MALADE : Heu, oui docteur. Heu. C'est…

MÉDECIN : C'est 125 francs.

Menteur et crédule

MENTEUR : Vous voyez ces escaliers qui descendent en terre ? En bas, il y avait une porte autrefois, qui menait à des mines de charbon.

CRÉDULE : Ça alors !

MENTEUR : Ces mines communiquaient avec celles du Nord et de Lorraine.

CRÉDULE : Ben dis donc !

MENTEUR : C'était un truc organisé par les militaires pour l'évacuation des populations en cas de guerre avec la Belgique.

CRÉDULE : C'était rudement bien vu !

MENTEUR : Mais on a muré la porte parce que des voyageurs du métro se perdaient du côté de Lille ou de Nancy au lieu d'aller à la tour Eiffel. Ils arrivaient chez les mineurs, et ils salissaient leurs costumes.

CRÉDULE : Et les teinturiers coûtent cher !

MENTEUR : C'est comme les quais que vous voyez au bout des couloirs.

CRÉDULE : Ils communiquaient avec la Lorraine aussi ?

MENTEUR : Non, avec la Seine. On la faisait couler là pendant les inondations.

CRÉDULE : Mais il n'y a plus d'eau ?

MENTEUR : Le ministre a fermé le robinet. A cause des protestations des pêcheurs à la ligne. Mais c'est depuis cette époque-là qu'on appelle les trains du métro des rames.

CRÉDULE : Je comprends. Mais dites-moi : ce garçon barbu qui monte dans la rame avec une guitare ? C'est un voyageur ?

MENTEUR : C'est Michaël Jackson.

CRÉDULE : Oh !

MENTEUR *(un doigt sur la bouche)* : Incognito !

CRÉDULE : C'est fou ce qui se passe dans le métro ! Personne n'imaginerait ça en surface !

MENTEUR : Et encore ! Vous n'avez pas vu ce qui se passe SOUS le métro !

CRÉDULE: Sous le métro! Ça alors!
MENTEUR *(un doigt sur la bouche)*: Chut!
(Il sort. Le crédule reste planté là, ébahi.)

Mère et fils

(La mère cache quelque chose dans son dos.)

MÈRE: Qui est-ce qui va se lever tôt demain matin?

FILS: Pas moi!

MÈRE: Qui est-ce qui va se lever tôt et courir dans la rue?

FILS: Pas moi!

MÈRE: Qui est-ce qui va se lever tôt, courir dans la rue et descendre les escaliers du métropolitain?

FILS: Pas moi! Je refuse!

MÈRE: Qui est-ce qui va se lever tôt, courir dans la rue, descendre les escaliers du métropolitain et attendre la rame sur le quai?

FILS: Rien à faire!

(La mère tend la guitare qu'elle dissimulait à son fils.)

MÈRE : Allez ouste, fainéant ! Au travail !

Misérable

(Il entre, trébuche, tombe, se relève.)

Je rate tout ce que j'entreprends. Tiens, j'avais un ticket. Il est déchiré. Et qu'est-ce que je fais là? Ce n'est pas ma direction, mais tout le monde galope par ici, alors j'ai suivi. Je serai en retard au travail. Remarque, je suis au chômage, j'ai perdu mon travail il y a un an et un jour, même qu'un autre l'a trouvé. Ah-Ah. Je rate tout, même les marches. Il faudrait que je joue de la guitare dans un wagon, mais ma guitare est pétée. J'ai cassé les cordes. J'en ai pris une dans la figure: résultat, une balafre et six points de suture. Et quand j'ai lâché la guitare pour me protéger le visage, je l'ai reçue sur le pied. Là, j'ai eu de la chance. Ç'aurait pu être une contrebasse. Ah-Ah. N'empêche: trois doigts de pied fracturés. Sans compter la chaussette: percée. De toute façon, elle était pourrie, je n'en avais pas changé depuis six mois. Chienne de vie!

Monstrueux

C'est abominable! C'est affreux! J'ai tout vu! Des milliers d'humains sont descendus dans les entrailles du monstre! Des milliers qui ne se doutaient de rien! Quelle horreur! L'ogre les attendait au fond du trou! D'énormes couloirs amenaient ses victimes à sa gueule immonde! C'était terrible!

L'ogre les avalait par fournées! Tous, ils prenaient place dans de longues boîtes de conserve en tôle! Et ils chantaient! Ils ne savaient pas ce qui les attendait!

Ils sont partis dans l'estomac de l'ogre! Un effrayant trou noir! Ils ne sont pas revenus! C'est abominable! Chaque jour, le monstre se nourrit de nouvelles victimes, il lui en faut toujours davantage! Au secours!

Négatif

(Quelqu'un est en train d'écrire une lettre.)

Chère maman,

Le métro n'est pas comme la campagne. Il n'y a pas de champs, pas d'arbres, pas de verdure. Il n'y a ni vaches ni chevaux. Sur le quai, tu ne marches pas le long d'un sentier bordé de bruyère. Point de source claire, point de torrent ! Inutile de te baisser pour cueillir les jonquilles. Tu n'entends jamais le son des cloches à vaches ou les gazouillements des oiseaux. Tu ne croises pas de bergères avec leurs moutons. Et quand la rame arrive, le chef de gare ne fait pas d'annonce pittoresque, ne donne pas de coup de sifflet, n'agite pas de drapeau rouge. Le train démarre, mais tu ne peux pas passer la tête par la vitre abaissée pour admirer le paysage. D'ailleurs, il n'y en a pas. *(Barrant tout ce qui vient d'être écrit.)* Ça ne vaut même pas le coup que tu viennes voir ce que c'est.

Opéra

(Chanteur, chanteuse, chef et chœur.)

CHANTEUR : Chaque matin…

CHANTEUSE : Chaque matin…

CHANTEUR : Dans les souterrains…

CHANTEUSE : Dans les souterrains…

CHANTEUR ET CHANTEUSE : Chaque matin dans les souterrains…

CHANTEUR, CHANTEUSE ET CHŒUR : Je prends le métropolitain !

(Les choristes chantent en levant les jambes.)

CHŒUR : Ah qu'il est joli…

Ah qu'il est poli…

Le métro poli… politain !

CHANTEUR : Et dans la rame…

CHANTEUSE : Et dans la rame…

CHANTEUR : Monsieur Madame…

CHANTEUSE : Monsieur Madame…

CHANTEUR ET CHANTEUSE : Et dans la rame, Monsieur Madame…

CHANTEUR, CHANTEUSE ET CHŒUR : Les guitaristes font des gammes !

(Les choristes chantent en levant les jambes.)

CHŒUR : Ah quel grand bonheur…

De prendre à toute heure…

Le métropopo… le métro pollueur !

Passéiste

De mon temps, Monsieur, on ne s'engouffrait pas en troupeau dans des trous! On voyageait à l'air libre dans des diligences. Ah! Les diligences! C'était autre chose que le métro, Monsieur! On respirait l'air des campagnes et le crottin de cheval! On admirait les paysages en écoutant brailler les postillons, au lieu que vous recevez ceux des guitaristes dans la figure! Ah! Monsieur! Les hennissements des chevaux, le claquement des fouets! C'était autre chose que vos frénésies troglodytiques! C'était le bon temps, Monsieur!

Pêcheur

(Le pêcheur est assis au bord de la scène. Un voyageur debout le regarde.)

VOYAGEUR : Ça mord ?

PÊCHEUR : Non.

VOYAGEUR : Vous avez remarqué qu'il n'y avait pas d'eau ?

PÊCHEUR : Merci de me le dire.

VOYAGEUR : Moi, ce que j'en dis, c'est seulement pour vous rendre service. Mais ça me paraît bizarre de vous voir pêcher sur un quai de métro.

PÊCHEUR : Tout vient à point à qui sait attendre.

VOYAGEUR : Vous ne devez pas prendre grand-chose.

PÊCHEUR : Dans la Seine non plus. Il n'y a plus de poissons.

VOYAGEUR : Qu'est-ce que vous faites ? Vous regardez passer les rames ?

PÊCHEUR : Là-haut, je regardais passer les

péniches. J'entendais les transistors des **autres** pêcheurs. Ici, j'entends les guitares. C'est à peine plus pollué.

VOYAGEUR : A quoi appâtez-vous ?

PÊCHEUR : Je n'appâte pas. Il n'y a rien à pêcher. Je n'ai même pas d'hameçon.

VOYAGEUR : Dans ce cas, pourquoi tenez-vous une canne à pêche ?

PÊCHEUR : Pour faire causer les curieux. Et ça marche.

VOYAGEUR *(s'éloignant)* : Peuh !

Pédant

Les gens ne savent rien. Moi je sais tout. Tenez, savez-vous de quand date la première ligne du métro parisien? Naturellement, non. Je l'aurais parié. Elle date du 1er juillet 1900, c'était la ligne porte de Vincennes-porte Maillot. Mes connaissances vous épatent? Normal. Savez-vous combien cette ligne comportait de stations? Non, bien sûr? Dix-huit. Deux fois neuf. Quelle était la longueur totale du parcours? 10,300 kilomètres. Vous ne savez vraiment rien, mais ça ne me surprend pas. Les gens sont ignares. Savez-vous combien de villes possédaient déjà un métro à cette date? Non? Je m'en doutais. Eh bien: Londres depuis 1863, New York depuis 1868, Chicago depuis 1892, et Budapest depuis 1896. Vous restez sans voix devant ma grande culture. Et l'écartement des voies, vous le connaissez? 1,44 mètre. Oui, je sais ça également. Et aussi le prix du premier ticket en seconde classe: 3 sous. 30 000 tickets vendus le premier jour à Paris. Je me demande ce que vous deviendriez s'il n'existait pas encore quelques érudits dans mon genre pour vous éclairer. Pauvres types...

Perdu

(Un homme perdu s'adresse à des gens qui le croisent. Ils ne l'écoutent pas et filent.)

LE PERDU : Excusez-moi, Monsieur. Je suis perdu. Je... *(L'homme passe.)...* Excusez-moi, Madame, je suis perdu dans le métro depuis avant-hier et je... *(La dame l'évite et passe.)...* Excusez-moi, Madame, je suis entré dans le métro sans faire attention et je me... *(La dame passe.)...* Excusez-moi, Monsieur, je suis entré à place d'Italie avant-hier, et j'ai pris une centaine de rames et je n'arrive pas à ressortir parce que... *(L'homme passe.)* Excusez-moi, Monsieur, je...

(L'homme à qui il s'adressait s'est arrêté. Mais c'est lui qui demande :)

L'HOMME : Pour aller à la station Châtelet, c'est quelle direction ?

LE PERDU : Eh bien, je... Excusez-moi, je suis perdu moi-même, je suis entré dans le métro avant-hier et je...

L'HOMME: Avant-hier seulement? Moi ça fait six mois!

(L'homme s'en va. Le perdu reste seul.)

Philosophes

(Deux personnages : une voix nasillarde, une voix rauque.)

PREMIER PHILOSOPHE : Et comment va le monde, mon cher philosophe ?

SECOND PHILOSOPHE : Il s'enfonce, mon cher philosophe ! Vroutt ! Il s'enfonce dans les trous qu'on lui a creusés ! Comme un rat !

PREMIER PHILOSOPHE : Et comment va la vie, mon cher philosophe ?

SECOND PHILOSOPHE : Elle se traîne, mon cher philosophe ! Chhh ! Elle rampe dans les tunnels. Comme un serpent. Chhh !

PREMIER PHILOSOPHE : Et comment va l'homme, mon cher philosophe ?

SECOND PHILOSOPHE : Il s'entasse, mon cher philosophe ! Pouf ! Pouf ! Il s'entasse dans de grandes boîtes de tôle !

PREMIER PHILOSOPHE *(soupirant)* : Et la musique, mon cher philosophe ? Comment se porte la musique ?

SECOND PHILOSOPHE *(bras au ciel)*: Tout le monde la cherche, mon cher philosophe! Tout le monde la cherche!

Pirate

Cette fois j'ai frappé un grand coup. Je suis entré dans le métro sans me faire remarquer. Quand la rame est arrivée, je ne suis pas monté dans le wagon. Je suis monté auprès du conducteur. Je lui ai posé mon pistolet sur la tempe. «Changement de direction! J'en ai assez de la ligne Vincennes-Neuilly! Emmène-moi sur la côte d'Azur!» Je lui ai crié de démarrer. Le conducteur a fait une annonce pour les voyageurs, en disant que la rame était détournée. Après, il a démarré. On ne s'est plus arrêtés nulle part. Ça fait deux jours qu'on roule, on n'est pas sortis des tunnels. J'espère qu'on arrivera bientôt. J'ai emporté mon maillot de bain.

Poète

Chaque matin, je le proclame
Je prends le métropolitain.
Là, tel un prince palatin,
Je cherche un trône dans la rame.
Je suis dans le sens de la marche
Je n'aime pas aller de dos,
Et je fais un gentil dodo
Installé comme un patriarche.
Quelquefois armés de guitares,
Des lutins charmants et imberbes
Déclament des chansons superbes
Lorsque le train rompt ses amarres...
Merci à toi, mon cher métro,
Pour ces balades romantiques
Dans les souterrains exotiques !
Tu nous gâtes, vraiment, c'est trop !

Politique

(Un journaliste, deux candidats face à face, puis deux danseuses.)

JOURNALISTE: Qu'est-ce que vous pensez du métro?

PREMIER CANDIDAT: C'est un repaire de crapules! Remarquez, je ne parle pas des travailleurs qui vont laborieusement gagner leur pain à la sueur de leur front, mais...

SECOND CANDIDAT *(l'interrompant)*: Normal! Vous ne parlez jamais des travailleurs!

PREMIER CANDIDAT *(vexé)*: Je ne vous ai pas interrompu!

SECOND CANDIDAT: Excusez-moi.

PREMIER CANDIDAT: Je disais donc que je ne parlais pas des travailleurs qui vont laborieusement gagner leur pain à la sueur de leur front, mais des petits fraudeurs qui sautent les barrières, des clochards, et des voyous qui attaquent les grands-mères pour leur voler leur porte-monnaie!

JOURNALISTE *(chronométrant)*: Monsieur le Premier Candidat, vous avez parlé pendant dix minutes. Monsieur le Second Candidat, souhaitez-vous répondre à votre adversaire?

SECOND CANDIDAT: Et comment! Je ne peux pas laisser passer de pareilles accusations sans protester au nom des travailleurs qui vont laborieusement gagner leur pain à la sueur de leur front et qui...

PREMIER CANDIDAT: Je vois que vous en arrivez à penser comme moi!

SECOND CANDIDAT: Monsieur, je ne vous ai pas interrompu!

PREMIER CANDIDAT: Quel culot!

SECOND CANDIDAT: Merci. Je disais donc que je ne pouvais pas laisser passer de pareilles accusations sans protester au nom des travailleurs qui vont laborieusement...

JOURNALISTE: Monsieur le Second Candidat, vous venez de parler dix minutes aussi.

SECOND CANDIDAT: Mais je n'ai rien dit!

PREMIER CANDIDAT: Vous reconnaissez

donc que vous parlez pour ne rien dire! J'en prends acte!

SECOND CANDIDAT: Pardon! Je n'ai pas pu parler parce que vous m'avez coupé la parole et parce que…

JOURNALISTE: Messieurs, vous êtes à égalité de temps de parole. Il vous reste à présent deux minutes chacun pour conclure. Monsieur le Premier Candidat, quelle sera votre conclusion?

PREMIER CANDIDAT: Le métro est un repaire de crapules! Mais je tiens à faire remarquer à mon adversaire que je n'ai pas parlé des travailleurs qui vont laborieusement gagner leur pain à la sueur de leur front et qui prennent le métro quand les travailleurs de celui-ci ne se mettent pas en grève, mais plutôt des petits fraudeurs qui sautent les barrières et qui empêchent les vieilles dames de promener leurs toutous dans les souterrains tranquillement, et votez pour moi!

JOURNALISTE *(chronométrant)*: deux minutes treize secondes. Monsieur le Second Candidat disposera donc également de deux minutes treize secondes pour conclure.

SECOND CANDIDAT : Monsieur ! Vous avez prononcé des contrevérités flagrantes ! Certes, je ne mettrai pas en cause les travailleurs qui vont laborieusement gagner leur pain à la sueur de leur front et qui prennent le métro quand les travailleurs de celui-ci ne sont pas en grève, d'autant que les toutous ne sont pas autorisés dans le métro jusqu'à nouvel ordre, mais...

PREMIER CANDIDAT : Je prends acte que vous me donnez raison !

SECOND CANDIDAT : Pas du tout ! Ne m'interrompez pas !

JOURNALISTE : Monsieur, votre temps de parole est écoulé.

SECOND CANDIDAT *(pendant que le premier applaudit) :* Mais je n'ai rien dit ! C'est un scandale !

JOURNALISTE : N'insistez pas. Désolé. Et maintenant, une page de publicité.

(Passent alors deux danseuses en bikini, avec un gros baril de lessive dans les bras.)

JOURNALISTE : Le face-à-face pour la présidence de la République vous était offert

par GLOU GLOU, la lessive qui décape!
Qu'est-ce qu'on dit?

LES DANSEUSES: Merci, GLOU-GLOU!

Professeur et élèves

(Le professeur dicte ; les élèves écrivent.)
PROFESSEUR : Tous les matins – Duculot !
Combien vous faut-il de matins pour le plu-
riel ? – tous les matins, je prends – Mollet,
conjuguez donc mentalement le verbe prendre
au présent de l'indicatif – le métropolitain !
Ah-là-là ! Métropolitain ! Tain ! Pas Tintin !
Vous le faites exprès, Bladier ? Métropolitain !
Pensez à métropolitaine ! Il n'y arrivera pas, il
est taré ! Vous ne pouvez pas faire attention,
non ?

(Duculot lève le doigt.)
PROFESSEUR : Qu'est-ce que vous voulez,
Duculot ?

DUCULOT : Vous dictez trop vite, Monsieur. Je n'ai pas pu écrire après...

PROFESSEUR : Où en êtes-vous ?

DUCULOT *(lisant)*: «Il n'y arrivera pas, il est taré.» Après, je ne sais plus…

PROFESSEUR *(ébahi)*: Quoi? *(Il va voir le cahier.)* Oh! l'idiot! Il a écrit ce que je disais à Bladier! *(Il regarde les cahiers des autres.)* Et lui aussi! Et elle! Ils ont tous écrit ça! Rayez! Non! Mettez entre parenthèses tout ce que vous avez écrit après métropolitain! Ça y est? Je reprends: Je descends – Bon sang, Mollet! Réfléchissez! – N'écrivez pas ça, bande de cancres! Je parle à Mollet! Mollet: tout à l'heure, comment avez-vous écrit «je prends»?

MOLLET: Avec mon stylo.

PROFESSEUR *(s'arrachant les cheveux)*: Andouille! Regardez la terminaison! Par quoi ça se termine?

MOLLET: Par la fin.

PROFESSEUR: La terminaison du verbe! Je prends! Verbe prendre! Et maintenant, je descends, verbe descendre! Quel groupe?

MOLLET: Ben…

PROFESSEUR: Troisième! Comme prendre! Donc même terminaison! *(Mollet corrige.)* Je reprends…

BLADIER *(lève le doigt)*: C'est «je prends» ou «je reprends»?

(Le professeur regarde la salle avec des yeux ronds. Puis il arrache sa perruque et la jette par terre.)

DUCULOT *(plein de bonne volonté)*: On le met entre parenthèses, Monsieur?

PROFESSEUR *(sanglotant)*: Faites. Je reprends: Je descends sur le quai et j'attends... J'attends! J'attends! Bon sang! J'attends! Qu'est-ce que vous en pensez, Mollet?

MOLLET: Dans le métro, ça arrive souvent...

PROFESSEUR *(se mordant les doigts)*: J'attends! Quel groupe? *(Les élèves comprennent et corrigent vite. Le professeur s'éponge le front.)* J'attends la rame. Point. Quand elle arrive, je monte dedans et je m'assieds. – Bon sang, Duculot! Assieds! Vous écrivez ça comme une barre d'acier?

DUCULOT: Ben... Ce n'est pas du plastique...

PROFESSEUR *(soupirant)*: Reprenons. Je m'assieds sur la banquette – pas sur la blanquette, Mollet, sur la banquette! Je m'assieds sur la banquette. Point. Des jeunes gens jouent de la guitare et ils quêtent. – Qu'est-ce qui vous amuse, Bladier?

BLADIER *(ricanant bêtement)*: Banquette et quêtent, Monsieur. Ça rime. Hi-hi-hi-hi!

(Le professeur lève les bras au ciel et il sort.)

Punk

(Deux punks très bariolés.)

NANARD : Jourbon, Totoche !

TOTOCHE : Jourbon, Nanard !

NANARD : Tu sais, je suis descendu dans le tainlipotromé.

TOTOCHE : Tu t'es baladé dans les raintersou ?

NANARD *(emballé)* : C'était quetitasfan ! Ça puait mencheva ! Mais c'était mencheva chouette ! Avec mon marqueur, j'ai fait plein de tifigraf sur les téciblipu !

TOTOCHE : C'est persu !

NANARD : Je suis arrivé sur un quai et j'ai regardé dans les gonwa ! Oh là là ! Tu me croiras si tu veux, Totoche, mais à l'intérieur... Oh là là ! Tu peux pas savoir !... ... ... C'est plein de gens « normaux » !

Revendicatif

(Un type écrit; il a une jambe dans le plâtre.)
Monsieur le Directeur de la RATP.

Je travaille dans le métropolitain puisque je joue de la guitare dans vos rames. L'autre jour, en sautant par-dessus le tourniquet d'entrée (quelle invention stupide, entre parenthèses!), je me suis pris le lacet de la godasse gauche *(il montre la droite)* dans la barre de métal et je me suis cassé la gueule *(il raye)* la figure. Vu que par terre c'était du macadam (alors que ç'aurait pu être de la moquette, mais on se moque bien du confort des usagers à la RATP, soit dit sans vous offenser), je me suis cassé deux dents. Le dentiste me réclame 1 500 balles, mais je ne peux plus chanter pour gagner cet argent. Alors je vous envoie la facture, puisque je travaillais dans vos murs.

Veuillez agréer, Monsieur le Directeur de la RATP, l'expression de mon parfait respect.

Robots

(De nombreux robots entrent en scène. Ils marchent comme des automates. Des ordres leur sont lancés de l'extérieur par haut-parleur. Il s'agit d'un ballet, qui peut être soutenu par une musique électroacoustique.)

Marchez! Droit devant! Plus vite! Descendez l'escalier! Pivotez! A droite! A gauche! Poinçonnez le ticket! Marchez dans le couloir! Admirez à droite! Admirez à gauche! Marchez! Tournez sur place! Arrêtez-vous! Patientez! Montez dans la rame! Accrochez-vous aux barres! Laissez passer les guitaristes! Guitaristes, grattez les guitares! Quêtez! Tous les autres, donnez des pièces! *(Et, comme les robots ouvrent la bouche pour parler:)* Fermez-la! Sortez!

Sans A

Lorsque le soleil se lève, je prends le métro. Je descends vers les guichets. Je me promène de couloir en couloir. Je reluque les publicités. Je suis heureux. Le métro s'immobilise et les portières s'ouvrent. Je monte. J'écoute les musiciens le long du chemin. Quelle joie !

Sans E

Quand on va à la RATP, on va d'abord dans un long couloir. Puis on va sur un quai. A la fin, on va dans un grand wagon. On dort sur un strapontin. Un braillard barrit un chant. On lui fait don d'un franc quand il a fini. On lui dit « bravo », mais pas toujours.

Sans mémoire

Qu'est-ce que je voulais vous dire ? J'ai oublié.
Ah oui. Le métro. Je suis monté dans le métro,
la… Quand est-ce que je suis monté dans le
métro ? La semaine dernière ? Je ne me rappelle
plus. J'ai pris un grand ascenseur et je… Non.
Ça, c'était pour monter à la tour Eiffel. Et
l'autre jour, sur le quai… Non. C'était le
bateau-mouche. Le métro ne flotte pas. C'est
bizarre. Je ne me rappelle plus le métro. Pour-
tant, sur le coup, je m'étais dit que c'était une
chose extraordinaire et que j'en garderais le
souvenir jusqu'à la fin de ma vie. Et puis… je
crois qu'il y avait des tunnels et des
squelettes qui nous chatouillaient…
A moins que je ne confonde avec
autre chose. Le métro, c'était…
Je ne me rappelle plus…

Sentencieux

(On peut faire dire les sentences par un chœur.)

J'ai du mal à me lever le matin, mais *mieux vaut tard que jamais,* comme dit mon copain Gaston qui arrive à l'école à 10 heures. Je prends mon métro sans me presser, *rien ne sert de courir il faut partir à point,* c'est du moins ce que déclare la concierge quand je lui réclame le courrier de la semaine dernière. Dans le métro, je ne parle à personne, je me méfie des gens, parce que *l'habit ne fait pas le moine* – demandez donc à la fille des voisins qui en a suivi un le jour de Carnaval. Je regarde les publicités; il y en a qui les aiment, d'autres pas: *des goûts et des couleurs on ne discute pas* à moins d'être payé pour, comme explique mon cousin Eugène qui est psychologue. Quand la rame arrive, je me cherche une bonne place, *on n'est jamais mieux servi que par soi-même,* à ce que prétend ma sœur Clotilde en prenant toujours la plus grosse part de tarte au dessert. Des chanteurs s'égosillent dans les wagons, ils ne me font pas peur, car *le chien aboie et la cara-vane passe.* Des gens trouvent le métro laid, mais moi je leur réponds que *Paris ne s'est pas fait en un jour* et qu'*avec des «si» on pourrait le mettre en bouteille;* et *à bon entendeur salut, qui vivra verra, ce n'est pas demain la veille qu'on rasera gratis,* et d'ailleurs je m'en moque, je n'ai pas de barbe.

Sermon

(Un prêtre parle. Ce qu'il raconte peut être mimé par de nombreux acteurs à l'arrière ou à l'avant-plan.)

Mes frères! J'ai fait la nuit passée un rêve étrange! C'était le jour du Jugement dernier et nous descendions aux enfers! Des milliers de pécheurs misérables dégringolaient des escaliers vers les séjours souterrains de Lucifer! Des diables cornus nous poussaient à coups de fourches! Dans les couloirs torrides, des publicités vantaient encore la beauté du paradis perdu tandis qu'on nous escortait vers les flammes! Bientôt, nous débouchâmes au bord du fleuve immonde au-delà duquel s'étendait l'empire des morts! Des zombies nous appelaient de leurs bras décharnés! Je m'attendais à être poussé dans l'abîme par les diables gesticulants, lorsqu'un convoi de barques fermées apparut hors d'un tunnel sans fin! Le passeur des âmes le pilotait. Et les diables nous piquaient de leurs fourches! Nous cinglaient de leurs fouets! Nous sommes montés à bord des embarcations de tôle! Elles se sont mises en route en grondant! Elles s'enfonçaient dans le puits obscur de l'enfer et nous plongions dans le vide! Les malheureux pécheurs hurlaient de terreur et les démons accompagnaient leurs cris de grincements de guitares! Mes frères! Voilà ce qui nous attend tous, si nous ne savons pas renoncer à la tentation! Réfléchissez-y!

Snob

Moâ, ma chère, j'adore emprunter le métropolitain aux heures où la population vaque à ses labeurs. C'est un lieu épouvantable, avec des odeurs… je ne vous en dis pas davantage! Ne vous y aventurez pas en robe du soir. D'ailleurs, le peuple vous lorgnerait d'un air béat. Non, il vaut mieux vous déguiser comme lui, à la mode des grands magasins. Et alors, vous serez au spectacle! C'est d'un mauvais goût! D'une vulgarité! Figurez-vous que sous terre, il y a des wagons! Et que le peuple s'enfourne dedans! Vous devriez y aller une fois par curiosité. C'est un lieu marginal plein de farfelus qui grattent des guitares et qui chantent des ariettes naïves. Et les auditeurs leur donnent des piécettes. C'est pittoresque. Tenez! Un de ces matins, je vous emmène en excursion dans le métropolitain! Vous verrez! C'est plus touristique que le Mexique ou la Thaïlande!

Sociable

(Un voyageur bousculé par de nombreux autres.)

Je vous en prie, passez. Je ne suis pas pressé. Est-ce que je vous gêne ? Je crois que mon pied est trop avancé ; j'espère que je n'ai pas abîmé la grosse valise que vous venez de poser dessus. Est-ce que je tiens trop de place sur l'escalier mécanique, Madame ? Doublez-moi, Monsieur, j'ai le temps. J'entrave la circulation du flot, je vais me caler contre le mur. J'espère que ça n'empêche personne de lire les publicités, je me fais aussi mince que je peux. J'aurais dû me priver de déjeuner pour être plus maigre, je suis confus. Oh pardon ! Mon pied est resté coincé sous votre godillot, je vous déséquilibre peut-être. J'ai heurté le coin de votre attaché-case avec mon genou. Soyez assuré que je n'aimerais pas vous retarder à cause de l'accroc à mon pantalon. *(Il monte dans le wagon.)* Montez, Monsieur. Montez, Madame. Après vous. Montez, vous jouez de la guitare, vous êtes encombré. C'est normal que je vous cède la priorité. Moi je vais travailler, c'est moins important. Ah, je constate qu'il n'y a plus de place, même debout. Je vous prie de m'excuser, je vous empêche de gratter votre instrument. Mais je vais redescendre. Je prendrai le prochain train. Si, si. C'est tout naturel. Entre humains…

Sondage

(Une dame et un petit garçon.)

DAME : Bonjour mon petit, comment t'appelles-tu ?

GAMIN : Je n'ai pas besoin de m'appeler, je sais où je suis.

DAME : Est-ce que tu sais ce que c'est qu'un sondage ?

GAMIN : Ouais. On pose des questions aux gens pour savoir ce qu'ils pensent.

DAME *(étonnée)* : Eh bien, si tu veux bien, j'aimerais te poser quelques questions…

GAMIN *(regarde sa montre)* : Bon, alors vite fait, j'ai rendez-vous avec les copains.

DAME : Qu'est-ce que tu penses du métro ?

GAMIN : Je le trouve trop politain.

DAME : Ah. Mais dis-moi ? Est-ce que tu le prends quelquefois ?

GAMIN : Et où est-ce qu'on est, d'après vous ?

DAME : C'est vrai. Bon. Dis-moi. Heu… J'ai perdu mes questions.

GAMIN: Ça vaut mieux que de perdre la tête.

DAME: En effet. Mais, heu… Il faut que tu me répondes par OUI ou par NON. Bon. Quel âge as-tu?

GAMIN: Oui.

DAME: Hein?

GAMIN: Non.

DAME: Il faut que tu me répondes par OUI ou par NON sinon…

GAMIN: Sinon les deux?

DAME: Oui. Heu… non. Heu… Je ne sais plus où je suis…

GAMIN: Dans le métro!

(Il s'en va. La dame l'appelle.)

DAME: Attends! Je n'ai pas terminé! Réponds-moi! Que penses-tu des publicités dans le métro? Attends! *(Le gamin est parti.)*

132

Sportif

(Il arrive en courant et continue de courir sur place ou de sauter.)

Hop! Hop! En petites foulées! Moi je fais mon footing dans le métro! Hop! Hop! Bon pour le cœur! En petites foulées! Je descends l'escalier quatre à quatre! Hop-là! Je saute les six dernières marches! Hop! Hop! Je ne suis pas de ces paresseux qui se posent sur un escalier mécanique en attendant d'être emportés comme des valises! Moi je fonce! Hop! Hop! Je shoote du pied droit dans les boîtes qui traînent par terre! Je dribble les promeneurs! Je slalome! Je leur fais passer les boîtes entre les jambes! Hop! Hop! D'ailleurs, je saute aussi les barrières pour m'entraîner au saut de haies, bien que je possède une carte! Hop! En petites foulées! Une fois dans le wagon, je me suspends aux barres, je fais le drapeau! Ça épate les gens! C'est bon pour les joueurs de guitare, ils gagnent plus d'argent grâce à moi! Mais ça m'est égal! Ce qui compte, c'est de garder la forme! Hop! Hop-là! *(Il sort en faisant la roue.)*

Statisticien

Tous les matins, entre 5 h 30 et 9 h, 321 jours par an, 4 796 875 voyageurs (et 17 nains) s'enfoncent dans les 292 stations de métro de la capitale.

3 364 983 prennent une correspondance et sillonnent à pied les 975 km de couloirs des 55 stations principales. Ils attendent sur des quais mesurant 75,90 m de longueur, ou 105 m pour 81 d'entre eux.

Les rames se composent de 4, 5 ou 6 voitures, selon les lignes. Pour une rame de 5 wagons, dont 1 de 1re classe au milieu, le nombre de places assises s'élève à 80. Le nombre de strapontins étant de 28 par wagon, c'est donc de 140 places que le public dispose en plus pour déposer 280 fesses. Au total, par rame, 220 personnes peuvent s'asseoir. 400 restent généralement debout, davantage lorsque montent des unijambistes.

On ajoutera à ces chiffres 5 guitaristes, 1 par wagon. Tout voyageur empruntant le

135

métro 30 mn par jour a des chances d'entendre 8 ou 9 guitaristes, à condition de ne pas changer de wagon. S'il change de wagon, ça se complique.

Superstitieux

Le matin, je me lève du pied droit. Si par hasard je me lève du gauche, je préfère me recoucher aussitôt. Je ne m'en vais jamais au travail sans une patte de lapin en poche. Je ne descends pas dans le métro sans un fer à cheval dans mon sac. Si je croise un chat noir en descendant les escaliers, je les remonte illico parce qu'il va pleuvoir. Je porte des gousses d'ail sous ma chemise contre les vampires qui rôdent sur les quais. Je ne monte pas dans la rame après une personne plus âgée que moi, car j'aurais l'impression de la suivre dans la tombe. Je m'assieds dans le sens de la marche. Je ne prends que les rames paires, mais le vendredi 13 je ne sors pas de chez moi de toute façon. Quand un guitariste se met à chanter, je lui montre les cornes contre le mauvais sort, et je me touche la tête. Vu que je m'appelle Dubois, ça me porte bonheur.

Syllogistique

Toutes les taupes vivent sous terre.

Or le métro roule sous terre.

Donc le métro est une taupe à roulettes.

Tous les couloirs du métropolitain sont étroits.

Or les mousquetaires *étaient trois.*

Donc les couloirs du métropolitain sont des mousquetaires.

Tous les tonneaux sont bondés.

La rame du métro est bondée.

Donc la rame du métro est un tonneau.

Tout ce qui est rare est cher.

Or une guitare bon marché est rare.

Donc une guitare bon marché est chère.

Tous les touristes étrangers aiment le métropolitain.

Or les Parisiens aiment le métropolitain.

Donc les Parisiens sont des étrangers.

Téléphone

(Un personnage à gauche de la scène téléphone à un autre à droite, dont la femme interviendra par la suite.)

PREMIER : Allô ! Monsieur Duglandier ?

DUGLANDIER : Ici Duglandier. J'écoute.

PREMIER : Monsieur Duglandier ! J'ai une grande nouvelle pour vous ! Vous avez gagné le premier prix !

DUGLANDIER : Le premier prix ! Grand dieu ! Le premier prix ! *(Il appelle sa femme en coulisses.)* Odile ! On a gagné le premier prix ! *(Il revient au téléphone :)* Le premier prix de quoi ?

PREMIER : Le premier prix organisé par le ministère des Transports ! C'est vous qui avez gagné ! On a procédé au tirage au sort.

DUGLANDIER : J'ai vraiment gagné le premier prix ?

PREMIER : Ouiii ! Le premier prix !

DUGLANDIER : Odile ! Viens vite ! On a gagné le premier prix !

ODILE *(arrive en essuyant ses mains à son tablier)*: Mon Dieu! Le premier prix de quoi?

DUGLANDIER: Le premier prix du ministère des Transports!

ODILE *(essuyant une larme)*: Nous qui ne gagnons jamais rien!

DUGLANDIER *(au téléphone)*: C'est la vérité! Nous ne gagnons jamais! Tiercé! Taco-tac! Tapis vert! Loto! Loterie nationale! J'en passe! Nous ne gagnons jamais!

PREMIER: Mais cette fois, VOUS avez gagné le gros lot!

ODILE *(à son mari)*: Qu'est-ce qu'on a gagné? Demande ce que nous avons gagné!

DUGLANDIER: Heu... Oui. Qu'est-ce qu'on a gagné?

PREMIER: Un voyage!

DUGLANDIER ET SA FEMME *(car elle a pris l'écouteur)*: Youpiii! Où ça?

PREMIER: Dans le métro! Huit jours! Tout compris!

DUGLANDIER ET SA FEMME: Dans le métro! Youpiii! *(Soudain inquiets:)* Pour combien de personnes?

PREMIER : Deux personnes. Tous frais payés. Huit jours dans le métro ! Avouez que c'est sensationnel !

DUGLANDIER : Prodigieux !

ODILE *(pleurant) :* J'en pleure ! Des années que je rêvais d'une croisière pareille !

PREMIER : Eh bien, grâce au ministère des Transports, le rêve va devenir réalité, Monsieur et Madame Duglandier.

DUGLANDIER ET SA FEMME : Quel bonheur !

Timide

Je… Voilà… J'y suis allé… J'ai vu des… Il y en avait beaucoup… Il y avait aussi des… Je n'ose pas le dire… Après, je suis monté dans… Oui… J'étais debout… Il y avait des… *(Il fait semblant de jouer de la guitare.)*… Je ne sais pas si j'y retournerai… Il y a trop de monde…

Tolérant

Je suis d'accord avec tout le monde. Il y a ceux qui râlent contre le métro et ceux qui s'y plaisent. Moi je suis de leur avis. Il y a ceux qui le trouvent malpropre, d'autres qui estiment qu'il faut bien caser la saleté quelque part. Moi je veux bien les deux. C'est comme pour les gens. S'il y a des clochards dans le métro, c'est parce que c'est là qu'est leur domicile. Et si l'on y rencontre des punks, c'est parce que c'est là qu'on les range. Vous trouverez toujours des gens mécontents. Tout ou rien, qu'ils exigent. Sinon les deux. Lui ou moi, qu'ils disent. Sinon les deux. Moi je suis d'accord avec tous. Je trouve très bien d'écrire des graffitis sur les affiches, car elles sont sûrement là pour ça. C'est comme pour les petits musiciens. Ils ne peuvent pas tous jouer dans un grand orchestre. Et d'ailleurs on ne les écoute pas. Alors je trouve que tout va très bien, qu'il faut se montrer tolérant. Et même, je suis encore plus tolérant que ça. Tolérants et intolérants, je suis d'accord avec les deux camps, et je suis même d'accord avec moi.

Voyou

(Entre deux gendarmes.)

Dès la première plombe, je fonce turbiner dans le métro. Je me fade les barrières, hop-là! Je reluque les mémères, celles qu'ont des gros sacs à main. Je leur file le train, et dès qu'il n'y a plus un mec dans le secteur, je pique un sprint et j'accroche le sac. Je me casse à la vitesse d'un supersonique. Les gonzesses, elles crient «au voleur», mais je m'en fous. Je me calte. Après, je vide leur sac et je fourre les biffetons dans mes fouilles. Le malheur, c'est qu'il n'y a souvent que de la mitraille, et des fois des clopinettes. Alors je suis forcé de recommencer à chouraver des sacs. Je m'en farcis quatre ou cinq par plombe. Ce qui me botterait, ce serait de dégotter une bourgeoise rupine pleine aux as. Après, je me ferais honnête. Mais les rupines ne descendent jamais dans le métro. Elles roulent dans des tires de luxe avec des larbins qui pilotent. Le monde est mal foutu. *(Il dévoile les menottes qu'il avait cachées jusqu'ici:)* Surtout aujourd'hui.

Xénophobe

J'en ai marre de prendre le métro ! C'est plein d'étrangers ! Des Portugais, des Yougoslaves, des Africains, des Turcs, des Monégasques, des Bretons, et que sais-je encore ! Quand il y a un Français, tu le remarques tout de suite : c'est le seul qui parle comme tout le monde ! J'en ai marre ! Parce que figure-toi qu'il n'y a pas de place, et que les étrangers s'assoient quand même ! Ils ne parlent pas français mais ils ont deux fesses, autant que toi ! Et tu restes debout ! Et t'es obligé d'entendre des tas de vagabonds américains, allemands, anglais, auvergnats, qui te chantent des idioties dans des jargons même pas de chez nous ! Franchement, j'en ai marre !

147

Y a qu'à

C'est la faute au gouvernement! Tenez, voyez la fraude! Il y a des tas de types qui sautent les barrières du métro, vous me direz que c'est bon pour le sport et que dans le lot il y a peut-être un futur champion du 110 mètres haies, mais la loi c'est la loi! Y a qu'à tous les envoyer sur les stades! Tous les sauteurs de barrières! Au boulot! A l'entraînement! T'as sauté une barrière? Deux jours de stade obligatoire! T'as sauté deux barrières? Quatre jours! Etc. Ça les ferait réfléchir! Mais je vous le dis, les solutions simples, personne ne les voit! On est gouvernés par des incapables! C'est comme les clochards! Y a qu'à leur faire nettoyer les quais avec un balai! Ouste! Ça fera des économies! Et les joueurs de guitare! Tiens! Y a qu'à les flanquer sur une île déserte! T'as joué une fois dans le métro? Deux jours d'île déserte! T'as joué deux fois? Quatre jours! Etc. C'est simple! Y a qu'à se décider à passer aux actes! Même si c'est difficile de trouver des îles désertes! On s'en fout! Y a qu'à envoyer tous les joueurs de guitare sur la même! Comme ça, ils se casseront les oreilles entre eux! Ça les dégoûtera! Facile! Y a qu'à réquisitionner un bateau! – Tiens, patron, remettez-nous ça.

Zinzin

Monsieur le directeur de la RATP, j'aime beaucoup les concours de saut que vous organisez au-dessus des barrières d'entrée du métro. Certains compétiteurs sont de futurs champions. J'aime aussi le concours de graffitis qui a lieu dans vos souterrains. Je vous félicite de mettre à la disposition des graffiteurs de grandes et belles affiches de papier souvent renouvelées. Vous dirai-je encore mon approbation à l'errance des chiens dans les couloirs et dans les rames? Je trouve très humain de votre part de leur donner asile, ainsi qu'aux clochards et aux puces. Toutes ces pauvres bêtes n'ont fait de mal à personne.

Franchement, chez vous, tout est bien. Je ne saurais décrire mon bonheur d'entendre tous ces guitaristes à qui nous confions nos économies; mais ce qui m'enthousiasme le plus, c'est la vue des poseurs de souliers sur les banquettes. Vous leur permettez de faire chez vous ce qu'ils ne vous permettraient pas de faire chez eux. Félicitations!

D'autres phrases neutres

Je vais à l'école tous les jours. Je mange au restaurant scolaire. Le samedi je ne vais en classe que le matin.

Le soir, je regarde la télévision avec mes parents. Il y a des jeux, des variétés, des films. Je me couche à (9) heures. (Heure à moduler selon l'âge des enfants.)

A la poste, il y a des employés derrière des guichets. Les clients font la queue devant pour être servis. La poste est fermée le samedi après-midi et le dimanche.

Au concert, les musiciens sont sur la scène. Les auditeurs sont assis en face d'eux dans la salle. Ils se taisent quand les musiciens jouent de leurs instruments.

Les garçons font leur service militaire, pas les filles. Ils restent dix-huit mois dans une caserne. Ils apprennent à se servir des armes.

Le dimanche, je vais au restaurant avec mes parents. Nous commençons par consulter le menu et la carte des vins. Un serveur nous apporte ce que nous avons commandé.

Je vais souvent au fast-food. On peut y manger des hamburgers et y boire du Coca-Cola rapidement. Il y a toujours beaucoup de monde.

Au zoo, les animaux sont dans des parcs. Les spectateurs les photographient. Ils lancent des cacahuètes aux singes qui leur font des grimaces.

Je vais à la messe le dimanche. Le prêtre monte en chaire faire un sermon. Des quêteurs passent parmi les fidèles et je leur donne une pièce de monnaie.

Je prends l'avion parfois à l'aéroport. Des agents de la sécurité vérifient que personne n'emporte d'arme dans l'appareil. Pendant le voyage, les hôtesses apportent à boire et à manger aux passagers.

Je vais à la piscine avec l'école une fois par semaine. Nous nous déshabillons au vestiaire. Un maître nageur nous apprend à nager dans le grand bassin.

Je vais quelquefois à la fête foraine. Les manèges modernes sont d'énormes machines. Les gens prennent le train fantôme pour rire et avoir peur.

Je regarde le Tour de France à la télévision. Les coureurs accomplissent des exploits tous les jours. Le vainqueur gagne une belle somme d'argent.

Je vais voir un match de rugby. Le ballon est ovale et les joueurs essaient de le mettre en touche. Ils marquent des essais qu'ils transforment.

Je prends quelquefois le train. Les voyageurs qui fument peuvent aller dans des wagons réservés aux fumeurs, et ceux qui ne fument pas peuvent aller dans les non-fumeurs. Des contrôleurs passent vérifier les titres de transport.

Beaucoup d'autre sujets possibles

Je fais du vélo
Je vais au cirque
Je vais à la banque
Je fais la cuisine
Je vais à la campagne
Je suis en ville
J'ai un animal
Je pars pour la colonie de vacances
Je joue d'un instrument
Je fais du théâtre
Je vais au mariage de…
Je vais à la pêche
Je vais au marché
Je visite un musée
J'ai lu *Les Trois Mousquetaires*
etc.